현대시세계 시인선 139

검은 봉다리

유기택 시집

검은 봉다리

유기택
시집

도서출판 북인

시인의 말

드러내기를 꺼리던
검은 봉다리를 풀면 서러운 생각들이 쏟아졌다.
흩어진 생각들을 다시 쓸어담으며 우리를 생각했다.

ㅡ 피 튀기며 산다
산 것들만 품을 줄 안다

2022년 4월

차례

2부

3부

4부

1부

삼각김밥 벗기는 법

사례 1. 주의 깊게 관찰만 한다

사례 2. 마구 풀어헤친다

사례 3. 설명서 순서에 따라 풀어헤치다, 아연해진다

사례 4. 설명서의 순서에 따라 얼떨결에 해결한다
(다음 성공에 대한 확신은 없다)

예외) 눈 감고도 선수가 있다

유통기한이 미치게 짧은
당신의 삼각김밥은 안녕하신지

사랑은

꽃이 피느라

새벽바람이 분다

먼지바람을 뾰얗게 뒤집어쓴 보름을 갓 넘긴 달이
나뭇가지를 타고 앉아 까딱까딱 다리를 까불고 있다

달빛을 삼키고 생겨난 달 아이들
하나같이 둥글다

겨울을 난, 땟국 절은 얼굴들을 옮겨 쟁이던
겨울 꿈의 저장창고 쪽을 잠깐씩 오가던 사이

새벽바람을 맞고 섰던 나무들의 손등이 텄다

나뭇가지에서 꽃 봉지가 터졌다
먼지구름 속 봄꽃 나무마다 헤픈 속살을 드러냈다

너도 4월의 달 아이였을 터

네가 너를 닮은 둥근 아이를 낳고
네 아이가 다시 둥근 아이를 낳고

달빛을 삼키고 모여앉아 다글다글

너의 가계家系를 입 밖에 내어 읽으면
본래 튀밥이던 저 이름들처럼 입속이 번쩍 환했다

소리맴을 돌다 수런거리다
몸통서 곧바로 생겨난 꽃들이 서둘러 피기도 했다

봉지 꽃을 튀기는 사내가 있다

강마을 쪽에서 튀밥 같은 아이들을 튀겨내고 있다
강둑길에 봄달이 지고 있던데

더라 설說

새벽 강둑길을 나가서 걷다보면

뚝방길 벚꽃이 흐드러지게 핀다고
붉은머리오목눈이들 목 놓아 울더라

하릴없이 놓쳐버린 지난 봄도
똑 저 모양이더라고 뒤채며 날더라

날치더라

소소히 부는 새벽바람에도
꽃잎 다 지고 말겠다고 부셍이더라

아우성치더라

간 봄 제 새끼 하나 건사 못했다고
제 울음 밑동을 후벼파고 있더라

꽃나무 가지들을 걷어차고 있더라

꽃잎을 쏟으며
봄날이 가더라

갔다, 어느 새봄으로 다시 오려는지

붉은 발

감자만 맛있다 먹어대는 아내의 맨발이지

이른 봄 새벽 강
시린 지체를 밀고 가는 오리발 발심이지

리어카를 태워줄까
강둑길 십 리, 꽃구름처럼 달려줄까

강둑길 꽃나무들이 구름처럼 피고 있어도
오늘은 눈물 금지

감자꽃 심으러 밭으로 가자

밭 가운데 이랑 중간쯤 조금만 비워두자

감자꽃 다투어 피는 한나절
우리도 거기 앉아 감자꽃으로 흔들리자

감자꽃 따지 말자
직박구리 영감태기 수다는 듣지도 말자

리어카 태워줄게
감자꽃, 붉은 발 심으러 감자밭에 나갈까

봄 그리고 부귀리富貴里

부귀리 희망택시 대기소 옆, 마을 벽보판 곁에 벚나무 한 그루가 산다

밤으로 가끔
철망에 막혀 서성이다 돌아가는 멧돼지 가족들만 안쓰럽게 바라볼 뿐
부귀나 희망 따위 소식에는 아랑곳하지 않는, 벚나무 한 그루가 산다

아무도 부귀하지 않다

아무도 항의하지 않는 붕어빵의 공화정共和政처럼
누구 것도 아닌 4월의 짧은 하루, 꽃만 온종일 눈 시리도록 부귀하다

시들한 골바람에 안개를 벗은 물안리 골텡이가 무안해하다
돌아오지 않는 사람들 이름을 하나씩 꼽으며 꽃잎을 울컥거렸다

꼽아 헬 때마다, 사라졌던 토끼길들이 손살같이 환히 드러났다
책갈피 같은 골짜기를 덮으면 책장처럼 닫히던 사람들이 없다

마실 길을 닫아야, 집에서 기다리던 사람이 삽작을 닫는다

너무 멀어 돌아오지 못하던 이들은 하나씩 떠메어져 수줍게 돌아왔다
공중으로 돌아와 길을 닫았다

그런 잠깐씩 열리는 길로
꽃으로 불러들인 시내 사람들이 물결처럼 흘러들어와 출렁이다 가지만
머무는 사람만 부귀하다

떠나지 않았거나 돌아온 사람들로만 부귀리다

동네 코흘리개던 이장댁 가까이 희망택시 대기소 옆에

벚나무가 산다
없는 듯, 하도 감감하여 돌아보면 작정 없이 괴괴하다

막차를 놓친 길들이 돌아와 이른 잠을 청하는 벚꽃만 한 가리 부귀하다

*부귀리 : 춘천시 북산면에 소재하는 마을의 행정 지명.
*희망택시 : 교통 오지 주민을 위한 교통수단으로 지자체가 부담하고 주민에게 저렴한 교통비용으로 제공하는 택시.
*물안리 : 부귀리의 토속 지명.

아무것도 없는 풍경 속으로

꽃은 아주 먼 곳이다

꽃보다 먼 곳으로 꽃 진다

천천히 걸어나가는 헨델의 사라방드
안녕

짓

나는 만날 무슨 짓이다

길을 나섰다
맞바람 맞으며 간다

마음 짓이다

기별도 없이 꽃 보러 가자고

꽃에 닿기도 전에
다 지고 말겠네

아무리 하여도
멀기만 한 우리는 먼 짓이다

괜히, 하늘 보려고 걸음 멈추었다
그대로 돌아서는 길

마음 물리는
움직이지 않는 건 '멀다'보다 더 멀다

벚꽃이 지레 깜깜해지던 바람 짬
부질없어 먼 짓이다

저짝선 봄이 끝났으까

아흐레 장날
샘밭장터 옆 '가위소리 머리방'을 마캉 댕겨간 거였을까

강 건너 앞산 늙은 산벚나무들이 한꺼번에 머릴 볶았다
할미 스탈, 흰 머릴 볶았다

저마다 요리조리 섹경을 디다보는지
자고 일어난 아침, 눌린 머리카락에 심을 버쩍 주는 건지
옆집 할미들과의 시새움 케미가 뿜뿜하다

말라뮤트 종 개를 끌고
강둑길 산책을 나온 머리방 여사장은 기분 짱이고
수다쟁이 직박구리들이 퍼뜨린 소문은 여우 불

들불이 강을 건너 산으로 번졌다

삼경 아우는
달에 한번은 머릴 자르러 머리방엘 다녀가는 모냥이던데
머리 자르고 그 옆집 짬뽕은 먹고 가는지

내 사라무 그늘은 봄도 못 드는 첩첩산중이라

화장실서 슬무시 지 머리 혼자 자르더라는 소문이 돌고
스님도 못한다는 걸 지가 하더라고

그러니 봉두난발에 언감생심, 뿜뿜 한번 못해 보는 거겠지

그러나 모두 잘들 지내시라

난 봄 받으러, 인천서 소금 배가 올라온다는 샘밭장으로 가네
가다, 옛날 쪽이 어딘지 모르겠어, 어리둥절해 이러고 섰네

*사라무 : 선대로부터 들은 토속어로 '사람의'의 뜻. "사라무 새끼가 돼서 우째 그따구루 사나!"(이때는 그래도 반듯한 세상이었다).

퍼커션

누가 밖을 두드린다

안의 소리가 조용히 걸어나와 문 열고 선다
문이 닫히고 다시 제자리로 조용히 돌아간다

열리자 바로 닫히며
대체로 조용히 지내는 소리들의 피정避靜

괜찮았다

언뜻 온순하고 순종적인
집요한
흐린 사회성의
경계심이 강한
공격적 승부욕이 조용한 숯불처럼 이글거리는
'손대면 탄다'
수사자와 맞먹는 이빨의 폭압성
이 모든 복잡한 소리가 하나된 개들의 축제

캉갈의 고요한 문 안에 든 요란搖亂한 정원

나무도 풀도 바람도 짐승도
사람도 돌도 물도 이 모든 것들의 하느님도

두드리면 아닌 듯 열렸다 닫히는
우리가 잘 모르는 곳에 오래된 폐문이 있다

우리가 들을 수 없는
너무 높거나 낮은 소리로 속삭이는 조용한 문

너의 소리 정원을 궁금해하던 끌림에도 그랬다
'생 하나를 통째로 걸어야 해'
문의 속삭임에 다소곳이 귀를 기울였어야 했다

너도 조용한 문 뒤에서 지내는 열띤 그놈이었다

*퍼커션 : 드럼, 심벌즈, 캐스터네츠 따위의 타악기를 통틀어 이르는 말.
*캉갈 : 자칼에게서 가축 무리를 지키던 산악견이며 아나톨리안 셰퍼드 도그라고도 한다.

깜깜한 나무

나무 한 그루가 깜깜하다
봄 내내 그대로다
속을 모르겠다

잘렸다
그 봄이 거의 끝나갈 무렵이었다

겨울을 지나 봄에 속을 드러냈다

겨울을 나고 소식이 끊겼다
야만의 겨울을 지나야 했으므로
산짐승처럼 기다림을 택해야 했던

누구나 그랬다
(그때 나는
공공 희망 일자리에 악착같아야 했다)

모두, 제끔 저 사는 일에만 골몰했다
사는 일을 잊었다

알고 있었을까
이제 봄도 저물어 늦어지고 있다

겨울에 도착한
아직 읽지 않은 메시지가 남아 있다

봄 내내 그대로다

봄을 지나 돌아보면
어딘가 한 군데씩은 비었다

솔

도도솔솔라라솔

솔 높이의 토요일
솔 높이의 도란도란
솔 높이의 머릿결
솔 높이의 웃음소리
솔 높이의 물비늘
솔 높이의 바람소리

솔 높이의 자전거와
솔 높이의 구두 굽
솔 높이의 목책들과
솔 높이의 구름장
솔 높이의 등대들과
솔 높이의 갈매기

솔 높이의 물음표

솔 높이의 풀등과
솔 높이의 아련함과

솔 높이의 난바다
솔 높이의 무망務望
솔 높이의 내 그리운
솔 높이의 당신을

도도솔솔라라솔

작별 노트

꽃잔디꽃이 소담스럽게 피었다

꽃잔디꽃을 손으로 쓸어주다,
그 향을 처음 알았다

모란에도 향이 있다고 했다

당연한 걸, 멀어 모르고 지낸다

발치서 흩어 지내는 것들이 있다

생일이 이틀 지났다
가망 없는 촛불을 끄고 웃었다

케이크와 함께 선물로 받은
로또 복권이 맞았다

숫자 여섯 중 셋이 맞았다

복권에서 절반이나 맞은 건

이제껏 두 번뿐인 행운

홀짝 같은 절반의 행운
잘 지내거나, 그렇지 못하거나

날빛 서늘한 일요일 아침이다

먼 곳들은 먼 대로 지낸다

거기선
신들이 가장 가깝다고 했다

나도 그도 먼 데였을 것이었다
멀다

생계형 도둑들

떡집에서 떡과 쌀을 조금씩 훔친 청년이 용서되었다

이백만 원을 보이스피싱 당한 젊은 여배우 지망생이 자살했다
글 쓰는 작가가 혼자 살던 방에서 굶어죽은 건 금세 잊혔다
모텔을 전전하던 자녀들과 엄마가 죽음을 택했거나
돈에 팔려다닌 자기 모멸감으로 괴로워했을 여배우도 그랬다

살아 있는 시인들은 시를 훔치고도 가볍게 풀려났다

화가들은 억지를 부려 사기를 치고 가수들은 가성으로 홀리고
사업가들은 자기가 먹여살린다는 거짓말로 노동자 뒤에 숨고
공무를 담당하는 자들은 그 거짓을 등쳐먹으며 윤택해졌다

소설가들은 그럴수록 종이 장사꾼들과 결탁해 웃었다

도벽을 버리거나 달아나려던 자들은, 하나같이 죽어 사라졌다

“가난한 자들이 빠르게 사라지는 건, 바람직한 일이지.”

“이런.”

세상은 용서와 희망을 훔치거나 팔아먹는 일로 번창하고 있다
조금씩 혹은 완전히
똑같은 결탁을 지지하는 자들에게서 용서되었다
이제, 희망은 훔치는 자들에게만 남은 유일한 기회가 되었다

목사님들과 신부님들과 스님들의 관대한 용서로 다 평화로워졌다

혁명도 지긋지긋한 거짓말이 되었다

괜찮을 거야
생계가 유기된 개들이 모여서 껄껄거리는 달밤이었다

개미귀신집에서

‘꽃이 시간으로 피어 있다’
이것으로, 기다리는 저녁은 충분히 설명되었다

사람들 저마다 꼭두서니 빛 저녁이었다

그가 졌다는 소식을 들은 건, 하루가 지나서였다
‘꽃의 시간이 지고 있었다’

눈시린 햇살 배경으로 꽃 붐비던 사월이
맥없이 끝났다

명주잠자리 나는 하늘길이 반짝 보였다
어지러웠다

아이들 웃음소리가 공중으로 흩어지고 있던
길이 장례식장으로 이어지는 오르막에서였다

등 뒤 어디선가, 누가 모래알을 자꾸 뿌려댔다
길을 허물어, 걸음이 미끄러지며 흐트러졌다

그러나 거기서 걸음을 멈출 순 없는 노릇이었다
누구에게나 그랬다

유니

짬만 나면 사람들은 다투어 바닷가로 몰려갔다

뿔소라 같은 집을 비우고
건널 수 없는 바다를 한 번씩 꺼내보는 건

주머니를 뒤집어 속을 털어 보는 것
옛 손목시계를 흔들어 괜히 귀에 대보는 것
'안 자'
그런 혼잣말에 뭉클해 보는 것
젖먹이가 되는 것
엄마의 아주 오랜 옛적 엄마에게로 돌아가
백사장에 귀를 묻고 바닷소리에 젖어 보는 것
포유哺乳하는 바다를 듣는 것
오랜 불면 끝에 온 밤바다를
잘박거리는 달빛을 손잡고 건너보는 것
바닷물에서 금방 건진 싱싱한 귀를 씻어 들고
집으로 돌아가는 것

다만, 무덤덤하게 돌아오는 것

마른바람 소리만 가득해 울음소리도 멀던
빈 조개껍데기 같은 귀들이 바다를 끌어 덮었다

한 달, 살아볼 거라고 했다

울진 어느 바닷가라는 전언만
물결처럼 떠밀려 왔다, 다시 바다로 되돌아갔다

2부

헛뿌리의 기억을 뒤적이는 날

메이 데이였다
메이데이 구조 요청 신호를 받았다

몇 해 전 선물로 받은 소피아 고무나무다

고무나무 끝동을 잘라 물 심기를 했다

지난 겨울, 고무나무가 얼었다

봄 내내 시름시름 앓는 기색이더니
잎을 하나씩 떨어내기 시작했다

있던 것이 없다

물 냄새를 맡으면 공중에서 눈을 뜨던
헛뿌리의 기억들이 자라길 기다리고 있다

뿌리의 기억을 감추어둔 막다른 데였다
그곳에 무엇이든 조금 남아 있기를 바랐다

*"메이 데이"와 "메이데이" : "메이 데이"는 노동절로 "메이데이"는 긴급 구조 요청 신호로 구분해 쓴다.

그거

'그거 알아?'

이순을 넘기고도
비 갠 저녁 하늘에 선 무지개를 보면 잠깐씩 설레는 거

매일은 번차례로 드는 무지개색
일 월 화 수 목 금 토, 다 해도 일곱

그게 우리인 걸, 왜 한결같으라는 억지인지 몰라

일곱을 한데 뭉치면 아무것도 없지, 안 보이지
프리즘을 처음 만나고부터 바뀌지 않은 놀라움과 같지
변한 적은 없지

이젠 잠깐 설레다 말지만 좀 놀랍기에 부족하지는 않지

바뀐 건 없지, 이제 와 그러는 건
무지개 밖에는, 못 보는 게 있다는 것을 알기 때문

안 보인다고 없는 건 아니지

이즘에도 한번씩 들렀다 가는
우리를 퍼붓고 가는 소나기도 그렇지

오늘은 수요일이니 초록이 좋겠군

당신, 일곱 색으로 살아

생은 갑자기 아무것도 없지
저녁은 우리 일이지만, 아침은 신의 일이지

비끼는 저녁 햇살이 나뭇가지에 맺힌 물방울을 지날 때
우리가 얼마나 가여운지

'그거 알아?'

아내는, 다섯 번 더 좋을 것이다

옥수수 묘를 쉰다섯 개나 심었다

한 이랑 빼곡히

수확이 잘아도
쉰 개보다 그쪽이 더 좋았으므로

병病

요즘 들판으로 나가면
이름도 모르는 들꽃까지 마구 피어나

애인 얼굴 사태가 나고 있어요

얼마 전까지는 얼굴 먼저 들이밀더니
이제는 향내를 앞세우고 달려드네요

송홧가루 매캐하고
아까시나무 저 하얗게 피 끓는 5월은

아휴, 난 몰라요

이 사단事端을 어째야 해요

나비

아침 강둑길에서 만난, 밤새 무엇이 나비의 몸통을 들어갔다

나비 날개 한 쌍 네 쪽을 양쪽에 갈라 가지런히 흩어놓았다
양 앞날개와 뒷날개를 서로 엇바꾸어 늘어놓았다

몸통이 없는, 섬뜩하게 아름다운 점무늬 하늘 것
앞뒤가 엇갈린 발자국 두 줄 나란히 걸어간 이승의 마루쯤서
털리는 것도 모르고 섰다가 간 듯

얼른 이해되지 않는

걸음을 재촉해 집으로 돌아온 종일
먼지바람이 떼로 몰려와 창문마다 돌며 낙서로 화풀이를했다

빈집인 척했다

어이없이 섰다 가는 저녁을 지나
잠든 아내의 얼굴을 바라보다 알 수 없는 울음이 몰려들었다

눈가에 눈물 한 방울 맺혀 혼자 건너는 고단한 잠의 바다

"바다를 건너는 나비는 물결 위에서 쉰다"

눈물 바다에 까맣게 내려앉는 나비떼
그 하나마다 세상에서 제일 가벼운 섬

눈물 위에서 쉬어가는 나비는 아침에나 가만하게 깨워야 한다

민달팽이 집

알던, 혹은 제법 알 것 같은

사람들 틈에 끼어보면
적당히 늙고 있다

여전히 아는 얼굴들이 있고
몇의 이름은 적당히 까먹었다

생각나지 않는 이름에
미안해 낯 붉히지 않아도 되고

적당히 뻔뻔해졌다

전보다 더 가난하지도 않고
더 유명하지도 않고
더 지혜롭거나 비굴하지도 않고
적당히 잊혔다

표독하지 않고

밤을 길에다 재우던 청춘에
더는 편지를 쓰지 않아도 된다

집을 나서며 거듭 확인한 문도
밖을 지내는 내내 불편하던
믿을 수 없는 자신도
멀리 나돌지 않는 귀가 습성도

적당하다

사람들에게서 적당히 먼
불안을 서둘러 데리고 돌아선다

그런데
집 없는, 불안의 집은 어디지

배내똥

세상을 뜨는 새가
똥 한 덩이를 덜고서 떠났다

날아갔다

‘그렇게 나는 거였구나’

‘우리에게도
생은 딱 고만큼 무거웠구나’

비우고 난다

‘생은, 똥의 추억이었어’

날아오르며 새를 비우는 건
땅의 기억을 내려놓는 것

그림자 거두는
햇살 무척 고요한 저녁이었다

좀꽃

좀 꽃이다

아주 멀리 가서 피었다

시득시득 떠난 이들이 희미하게 서 있다

그런 작별이 있다

딱따구리 귀신

마을 어귀 나 먹은 나무가 울었다
나무에 귀신이 든 거라고 했다

변고의 조짐이라며 뒤숭숭해했다

마을 이장님 노모가 돌아가셨다
치성을 드렸다

통했다

얼마 뒤 하루, 땅이 종일 울었다

멀쩡하던 마을 시멘트 포장길에
시커먼 구멍들이 숭숭 생겨났다

구멍 속을 아무리 들여다봐도
아무것도 없다, 도통 모르겠다

'이건, 뭐. 귀신도 양심은 있어야지'
구멍마다 정성껏 팔뚝질을 먹였다

며칠 뒤, 다시 말끔해졌다

다 잘 됐다

오늘 아침엔
텔레비전 뉴스를 보며 밥을 먹다
화면에 숟가락을 집어던졌다

마누라님에게서 한소리를 들었다
“이구, 이 귀신아!”

곧바로 밥상이 치워졌다

‘배고파’
쉬운 건 없다

검은 봉다리 1

누구나
아파서야 죽을 테다

오늘은 아프지 않다

더 있다 죽어야겠다

봉지 아구릴 쫌맸다

봉지가 헛배 부르다

살아 있으니 죽는 것
기다려

바람이 좀 불고
검은 새가 날아올랐다

두 계절
이승을 앓고 있었다

빈집에 누가 산다

"빈집이군"

마당을 한 바퀴 돌아나온 바람이 빙충맞은 표정을 하고 중얼거렸다
그러곤 몸을 빙글 돌려 돌아서더니 어디론지 휭 가버렸다

빈집은 없다
발자국 없는 것들이 산다

바람이 다녀가고 제일 먼저
방마다 세를 든 고요들이 열린 방문 틈으로 얼굴을 빼꼼히 내밀었다
담장 아래 길게 숨었던 고야나무 그림자가, 그들을 손짓으로 불렀다
그 서넛이 먼저 마당으로 모였다
아무 일 아니라는 듯, 팔짱을 끼고 섰던 쑥쌔 꽃들이 하얗게 웃었다
한물간 꽃다지, 털별꽃아재비, 괭이밥, 까마귀가 숨긴 금속 브로치

그런, 햇살을 눈부셔하던 것들도 눈웃음을 치며 슬금슬금 모여들었다

"다시"가 그것들의 놀이다
낮 동안의 기다림을 견디는 다방구 놀이다

무슨 기척이라도 조금 날라치면, 제꿈 산산이 흩어졌다 다시 모인다
기척 없이 날아들어 쌓이는 먼지에는 번번이 속아넘어가는 편이지만
그것으로 깔깔거렸다

그 마당에는 발자국 그리운 것들이 산다

다시
다시
다시 그리운, 발자국 없는 것들이 숨죽여 서로 기대고 지낸다

마당을 떠나지 않은

사람을 기다리는 "다시", 전에 살던 사람들과 함께 지내던 것들이다

사람이 빈집이다

혹등고래의 노래

“무슨 소리 들었어?”

“아니.”

“가만, 가만!”
“들어봐, 저거야.”

“가시나무새 울음이군.”

“들어봤어?”

“아니.”

“그럼, 어떻게 알아?”

“그냥 알아.”

“말도 안 돼.”

“그런 것도 있어.”

"아니야, 더 깊어."
"깊고 낮은 게 들려."
"바다에서 왔을 거야."

"그럴지도 모르지."

"지진파 같은 거야."
"바다에서 온."
"유리창으로 듣는 거지."

"맞아, 혹등고래 노래야."
"160㎞쯤 간대."

"번식기도 끝일 텐데?"

스스로 청춘을 닫아버린 옆집 혹등고래
그녀의 아름다운 계절이 끝나가고 있었다

백수 부작용

부처님 오신 날
걸음을 서둘러 우체국으로 가다 돌아왔다
가던 길 절반쯤에서 돌아섰다

그게 어딘가
퇴근시간 전인데 문을 닫았다고 길길이 날뛰지도 않고

이젠 일 년 농사로 가난을 돌려막던 가난한 농협 따윈 없다
억대 연봉을 자랑하는 직원이 수두룩하다는 소문만 무성하고
대출은, 땅을 담보로 잡히지 않으면 갈수록 까탈스러워지고
은행 창구가 닫히는 시간을 베껴 배부른 장사만 한다
두어 번 파산 지경을 겪더니 슬무시 그래졌다
그것으로 직원 파산을 막았다
대신, 농협에 땅 뺏기고 야반도주하는 파산 농사꾼이 늘었다

그래서 농협을 지나 우체국으로 간다

백수는 소심하다

부처님의 가피를 입은 날
헬륨을 먹은 풍선처럼 집으로 돌아와 이른 저녁상을 차렸다

백수는 가볍다
쉽게 날아가버린다
공중 끝까지 날아오르다, 부풀어 터져서야 땅으로 되돌아온다
천장이 백수의 하늘이다
집만 안전하다

밥 먹자

사람들

수줍었을 테지

'쨍그랑'

겹치고 이어지며
구불구불한 몇 줄 금이 가더라니

서로 멀어지고 가까워지며
거기서 그대로 첩첩 산이 되었지

봉우리들과 그림자가 생겨났지

돌아가는 길을 잃고부터
매일, 그림자를 달고 살았지

산맥은 늘
먼 데로만 길을 끌고 다녔지

괜히

봉우리마다 외톨이가 되고
골짜기들이 깊어졌지

산을 쪼그려 우는 골짜기마다
뻐꾸기 우는 사연이 있었을 테지

가는 길

가는 길을 물었다

굵은 길을 알려준다

12시에 400번 버스를 타야 한다

열두 시에
사백 번을

어떻게 타지

그런데 기사님은 뭐라 안 하실까

너를 보러가는 길

너로 괜찮다

3부

궁금증

궁금증이

(돈을 처음 발명한 사람은 돈을 많이 벌었을까
신을 처음 발명한 사람은 저를 구원받았을까
말을 처음 발명한 사람은 정말 좋은 이였을까
행복했을까
칼을 총을 사회를 국가를 책을 문화를 예술을
교회를 사원을 물신을 사제를 승려를 무당을
가난을 문맹을 계급을 질곡을 시위를 혁명을
모든 발명 이전의 우리는 정말 불행했던 걸까)

침묵을 발견했다

기다림에 대한 기억 하나

밖에서는 흙비가 철떡거리고
어쩌다 드물게 오래 묵은 저녁이 왔다

부강지 앞에 누가 흐리게 앉아 있다
몽탁한 부지깽이로 잔불을 쑤석였다

번한 데가 별로 없어 뵈는 옛날이었다

부강지 앞을 쓸어 놓고 무릇이 앉은
부지깽이 끝에 어둑히 대린 지낙불을
바닥에 탁탁 두드려 끄다 다시 대리는
뜸물통에 담가 시륵 아주 꺼버리는
부강지 이맛돌만큼만 펄럭대는 불빛을
이마에 기대 오는 불빛을 맞아들이며
익은 부엌 어둠의 잔해를 몰아내는
그렇게
쓸쓸한 생각들이 뭉근해지길 기다리는

그런 저녁이면
바깥 길이 어두워 안 보일 때까지

늦어서야 돌아오는 사람들을 기다렸다

비는 내리고
이제는 돌아올 누가 아무도 없는
어쩌자고
일어서며 바짓단을 괜히 탁탁 털어보는
털고 보면
집도 사람도 그런 저녁도 사라져 없는

이건, 얼마나 쪼그려앉았던 기억일까

길 위엣것들이 몽땅 흙비에 젖고 있다

꿈의 변주

큰 쥐 두 마리와 아주 커다란, 늙은 호박이 필요해
자정은 통금에서 영원히 추방되었어

눈은 아름답지도 추하지도 않지
눈으로 바라보는 것들은 아름답지도 추하지도 않지

붉은 달이 섰어
호루스의 눈, 사하라의 눈, 붉은 달의 눈
시궁쥐의, 시궁쥐들의 어두운 눈

보름달이 구름 속으로 이끌리듯 미끄러져 들어갔지
그대로 조금만 자고 싶었어

꿈을 꾸었지

붉은 달은
꿈의 소문들이 금세 퍼지는
불온한 이 도시 골목들을 살피는 숨은 눈동자

달빛이 파다했지

이내, 안개로 들어찬 골목마다 기침을 호소했지

당신은 이 작은 도시를 벗어나자고 했어
골목이 없는 바다 도시로 떠나길 원했어
지팡이 한 쌍과 아주 커다란 낡은 지붕이 필요했지

어째서
낯선 도시가 모든 걸 받아줄 거란 생각이 들었는지
그건 아무도 모르지, 알 수 없었지

큰 쥐 두 마리와 아주 커다란, 늙은 호박이 필요해

5월 마지막 날에

'2월의 화실'을 5월에 다녀왔다

어디로 흘러야 할지 몰라 막혀 있었다
사람들을 떠나보내고 검불처럼 떠돌았다

길은 나를 데리고 떠나지 않았다
아린 감자를 심고, 감자꽃이 피었다

비가 자주 내리고 감자 역병이 돌았다
가끔 돌아오는 새파란 하늘빛이 슬펐다

사람들 이름처럼
길마다 매겨진 길 이름은 허세였던 것

가끔, 냉장고에서 흘러나온 물 얼룩이
바닥에서 갈색으로 기어다녔다
모여 고이다 길을 찾아떠났다
어느새 바닥에서 말라 하늘길을 찾았다

새였나

새도 새의 이름은 아니었을 것

말라붙은
갈색 이전의 새들은 소집 해제되고
뿔뿔이 흩어져 머나먼 집으로 돌아갔다

본래 이름이 없는
함께 나누던 이름을 모두 탕진한 뒤로
써버린 깡통 청춘은 해지되었고
새들의 만나, 버찌가 덧없이 익는 철

벌판에서 길이 막혀 끊겼다
제각각 떠돌던 것들이 고여 들고 있다

익은 버찌들에 홍건히 검은 젖이 도는
젖꽃판 같은 5월이 마지막 가고 있었다

* 2월의 화실 : 김유정문학촌 인근의 카페 이름.

고민

트럭 생선장수가 동네를 돌고 있다

“눈을 떴다 감았다 하는 동태가, 한 마리 오천 원!”

빈 어항에다 기를 수 있을까

초여름

밤꽃이 피었다

온 동네가
한꺼번에 입덧을 했다

'물 밤 들겠네'

소문이 파다했다

담장 몇은 능소화를 울컥거렸다

'어쩌면 좋아'

훗배를 앓는 감자꽃

괜히 붉어 저무는 저녁
우리는 보나마나 불밤송이

그녀의 이른 여름 조용히
창문을 닫는다

우리는

토끼풀꽃 한 송이
가까이 들여다봅니다

별입니다

초신성의 폭발입니다

활짝 핀 별은 곧 빛을 잃을 것입니다

빛이 산산이 흩어지는 잠깐 사이
어두워 안 보일 때까지 우리는
우리를 추억으로 말하기 시작합니다

잠깐 꽃이었습니다

빛이던

빛은 어둠의 갈피에서 핀 꽃
하얀 꽃, 어둠으로 돌아갑니다

소리 함께 사라지고 없는

누구였는지 모릅니다

유월

저 기억도 언젠가 꽃이었으리

주홍 플라스틱 바가지 탕약 커피 한 잔
능소화

육자나 한 장 들고 보니
수레국화 푸른 보라 한창 일었더라나

반죽이 좋은 공기뿌리 아주머이
장타령이 차지던 동네 아주버이

밤꽃도 다 지고, 한 달밤
수리조합 저수지에 나란히 떴더라고

에이

어리연 같더라고

눈 비비지 마라
농주 한 사발, 뒤 참에 눈시울 붉히던

핑

능소화 곧 피겠네

해 여름마다
긁힌 음반의 혼잣말처럼 울렁거리던데

지우면 안 되는 기억처럼 달구질이던데

유월이 여름 속으로 사라지는 동안
망막에서 마르다 들떠 부스러지는 벽화

능소화 피면, 그 여름은 볼장 다 본 거
그해 유월도, 똑 그랬다던가

검은 돌

눈을 감고 있었다

숲에서 나온 새 한 마리가 일직선으로 날아왔다
소리 지르지 않고 쏘아 날아오는 검은 돌
바람을 가르는 소리 하나 들리지 않는 팔매였다
뒤에서 끌려오고 있는 긴 적막을 보았다
사방이 온통 붉은, 고요하고 다른 세상이었다

길에서

서로 모르는 사람들은
광부들처럼 고개를 깊게 숙이고 흐리게 걸었다
파먹은 광맥을 질질 끌고 다녔다
공중 굴을 파고 다니는 새 부족들의 일원이었다
곤약 같은 공중에 복잡한 구멍들이 숭숭 생겼다

얼기설기 놓은 길로 수액을 조금씩 흘려보냈다
밤낮이 얽힌 서로에게 서늘한 빨강을 주사했다

갑자기 찾아든 저녁

붉은 개양귀비꽃들이
들판에 피를 토한 듯 점점이 서럽더라는 부고가
여러 장 날아들어 쌓였다

세상은 누워 있는 사각 암실
붉은 등이 켜진 암실을 부축해서 일으켜 세우자
죽은 새들이 천장 구석에서 쏟아졌다

추락 기념일

온몸으로 날아오던 마침표
기념은 흑백에서 한 발짝도 더 나가지 못했다
아무렇게나 굴러다니던
길고 뾰족하게 깎은 음화 필름의 수정 연필로
새들의 추락이라고 암실 벽에다 쓰고 일어섰다

하루가 또 갔다

새벽마다 아래층으로 출근하는 남자

"I'll be back."

새벽 한 시, 어둠이 펄펄 끓는 분화구
계단을 무겁게 내리밟으며
사내가 아래층으로 천천히 가라앉는다

이쯤서, 이층집 여자는
오래 묵은 아래층까지의 어둠이 결국
그를 삼켜버리고 말 거란 생각을 한다

손가락을 꼽으며
발소리를 따라 깊어지는 계단을 세다
깊이를 까먹은
인과의 결국을 쉽게 믿어버리는
그것으로 생의 절반을 놓은 여자

멀어지던 발소리가 잦아들다 사라진
알 수 없는 숫자의 바닥에서 부활하는
날로 쇠하여가는 꿈의 분화구에서
아침밥 지을 불씨를 물고 돌아올 남자

모르는 곳에서
정직한 발소릴 울리며 떠오를 때까지
그를

눈을 감고 올리는 여자의 기도를
누군가 듣고 있다

"당신은 나의 하느님인가요?"
눈물 묻은 얼굴로 나직이 묻는 여자

팔리는 시詩라곤 별로 써본 적이 없는
청맹과니 같은 사내가 조용히 서 있다

휴

아침 산보 길
길섶에 할머니 유모차가 먼산바라기를 하고 있다

부러 딴청이다

금계국 무더기 숲에 할미꽃이 한 송이
살포시 쪼그려앉아 피었다

"앗, 뜨거"

깨금발로 강중거리던 금계화들, 웃음보가 터졌다

노랗게 환하다

상쾌하다

잉크

순전히
잉크라는 이름을 가진 고양이 한 마리 때문이었다

아름다운 잉크 블루가 집을 비운 사이
살진 도둑고양이가 들었다

스스로 잉크라고 했다
그 잉크가 무리를 지었다

일류 시인님과 그 제자들
자못 경건해보이는 저들의 미사美辭

돈 얘기만 하는, 쉬지 않고 돌아가는 낡은 냉장고와
무른 생선 대가리들

꿈꾸는 물의 정원 도시

이건 물의 마추픽추인가

사람이 아름다우면 저절로 아름답다

강은 물로 제 길을 만들어서 가고
사람은 사람의 길을 만들어 그 길을 가면
절로 아름답다

사람은 제 새끼를 치고
강은 제가 품은 목숨을 안고 살면 그만

다투지 말라 하고 그 사이에 숲이 든다

숲은 숲을 키워 사람을 양육하고
숲이 강을 헹구어 물을 드맑게 하고

사람과 강 사이서 목숨 부지하는 것들이
그 숲에 깃을 들였다

즐거웠으므로

바람이 가끔 찾아와 휘파람을 불었다
이미 아름다웠다

사람이 사람다우면 저절로 아름답다

왕의 꿈은
누천년을 꿈만 꾸다 만 허사가 아니던가

삽일랑 들지 마라, 저절로 아름답지 않나

물끄러미

속수무책으로, 어둠을 바라보고 있어요

아니군요, 밤을 덮어쓰고 낮게 엎드린
불빛 하나 새지 않는 울타리 너머 숲을
저격병들의 참은 숨소릴 듣고 있어요
방아쇠에 손가락 거는 소리가 들려요
저런, 손가락을 다시 내려놓고 있군요
좀 더 기다리기로 마음을 바꿨나봐요
곧 날이 샐 텐데
그러면 저들은 곧 흥미를 잃을 거예요
서로 오래 전부터 구면이었을 테니
손을 조금 흔들어 인사를 보낼까요
(총소리가 났다
나는 마지막 총성을 듣지 못할 것이다
소리보다 먼저 당도할 그게 내 것이라니
언제고 저들이 표적을 잃는 일은 없다)
갑자기 허둥거리기 시작한
그러나 깔끔하게
과습을 앓는 다육이들을 생각했어요
아, 벽지 위 액자가 조금 기울었더군요

텔레비전 화면도 조금 돌려놓아야겠어요
밥을 먹으며 보려니 좀 불편하더군요
그러고 보니 아내의 아침 금식일이네요
나중에 해도 되겠어요
화장실 바닥에 눌어붙은 물때는 어쩌지
날이 좋을 때 운동화를 빨아야 했는데

비가 오려나봐요

사상絲狀의 지평선

방금 들어온

작업실에 들어온 똥파리 한 마리가
통곡의 벽
방충망에 매달려 통성기도 중이다

방충망을 열어주었더니 날아나갔다

지나가던 참새가, 홀짝 마셔버렸다

나는 똥파리의 신이었을까
나를 굽어보고 있을 당신은

매 순간
존재하는 것은 흩어지고 사라진다

다음이 없다

4부

말복

새벽 매미
울음이 탄다

기 넘겨 울다

치르륵 치익
식고 있다

엔딩 크레디트가 올라가고 가을에 불이 들어왔다
주섬주섬 일어서는 사람들, 그러나

아직
끝이 아니다

싸륵거리는, 너는 누구냐

닭발구이집에서

맑고 건강해보이는 맨 종아리를 너무 오래 보았나 봐
등짝을 손바닥으로 얻어맞았지
싸다구 생각했어

'음란서생'이라는 영화가 있었지, 아마
음란마귀가 든 거라며 귓등이 붉어지도록 깔깔거렸어

'아아, 음란을 먹으러 오다니'
꼼짝없이 거미줄에 걸려든 쉬파리 신세와 똑같았지

"닭발은 너무 야해"
결정적으로, 이 말 한마디가 결정타가 될 줄 알았나

술값을 모두 내는 조건으로 보석 신청이 받아들여졌지

저들은 신바람이 나서 콧바람을 흥흥거리고 있을 때
눈을 내리깔고 파무침만 집적거리며 조용히 앉았댔는데
자꾸 눈물이 나려고 그래

양념이 매웠는지 양념 타는 연기가 매웠는지 그랬는데

그때도 당신을 생각하고 있었던 것 같아

너무 조용히 눈물이 날 것 같아서 아무도 몰랐던 거야
그러다 어물어물 자리를 파하고 제 갈 길들을 나서는데

누가 그래! 싸다구

탕꼬

백로 한 마리, 강물을 스치듯 난다
물그림자 바짝 따라붙고 있다

한 쌍이다

물그림자 바로 아래 저승은 맑아
가깝다

달아나던 아이 하나가 소리쳤다
"탕꼬!"
뒤쫓던 아이들이 일시에 멈춰 섰다

폐탄廢炭 더미에서
일제히 날아오르는 흰나비떼

아이들은
이 슬픈 비명을 어떻게 알았을까

"탕꼬!"
산이 웃는 소리였을지도 모르지

우리는, 알던 우리가 아닐지도 몰라

우리가 사라졌다

슬픔은 제 목숨을 흐르는 강

잠깐 머물던 거기서 우리는 분명히
다른 무엇이 되고 있었을 것이다

젖은 것들은 말라 나비가 된다

누가 하나
강을 건너 제 그림자를 만나고 있다

*탕꼬 ; "탕꼬"는 일제 강점기 강제노역을 당한 사람들이 "탄광"을 지칭하던 말. 아이들이 술래잡기를 하다 "탕꼬!"를 외치면 그 아이는 모든 역에서 면제되었다. 일제강점기, 탄광 강제노역의 슬픈 역사가 배경이 되었을 것으로 추정된다.

검은 봉다리 2

누가 묶었을까

아까시나무가 가시철조망을 품었다

희고 부드러운 속살이 쇠가시를 품었다

살이 되었다

살 속을 돌아 돌다가 새로 난 가지에서
천 개의 가시로 돋았다

천 개의 경고
'나를 만지지 마셔요'

천 개의 붉은 샘구멍이 터졌다
초록 갈대밭 낭자하게 핏방울이 튀어
붉은 개양귀비가 피었다

안아준다는 건 저렇게 서러운 화해

농익어 검붉은 빨강
같이 문드러지다 아물어 붙는

뾰족한 말은, 본래 너의 것이 아니었다

피 튀기며 산다
산 것들만 품을 줄 안다

새 공장

비 쏟아질 것 같은 '천 년 나무 아파트' 13층 창가 의자 위에
혼자 조용히 늙어가는 구름 같은 여자가 서 있다

아무리 오래 기다려도 돌아오지 않는 새들을 불러모으고 있다

아들은 검은등뻐꾸기가 되어 날아가버리고
딸은 에뮤가 되었다

그 무렵, 여자가 화이트보드 병을 앓기 시작했다
빼곡히 써 모은 문장들을 듬성듬성 지워나가기 시작했다
남은 글자들을 이어 읽으면 점점 알 수 없는 문장이 되어 갔다
그렇게 모두 지우면서도 유독 새라는 글자만 집요하게 남겼다

새떼가 날아다녔다
자기 새들이라고 했다
자신을 어미 새라고 믿었다

새떼가 날아오르지 않는 날엔 작은 새처럼 흐리게 울었다

그러던 가끔
돌풍이 몰아치고 천둥번개가 공중을 후려갈기며 비를 쏟았다
핸드폰 우수관 속으로 흘러들어간 여자가 잘박거리며 울었다

오늘도 어김없이 날이 들었다
의자에서 내려섰다

이웃 가까이 사는 친구와 저녁밥으로 먹을 라면을 끓이고 있다

새는 돌아오지 못하는 문장들의 대체 명사다
새를 찍어내는 프레스가 다시 천천히 돌기 시작했다

구름이 퐁퐁 떠올라 공중으로 날아갔다

그때 내겐, 애인에게서 메시지 한 통이 도착해 있었다

"날고 싶은 사람들 숫자는 대체 왜 이렇게 줄어들지 않는 거지?"

"우리는 견디도록 생겨난 종족이야"

*천 년 나무 아파트 : 저소득 노인들을 위한 영구 임대 아파트.

풀독

반성한다, 독 오른 것들아

땡볕에 타들어가던 너희를 함부로 밟으려든 죄
가려움에 펄떡거리던 심장에다 왕소금을 문질렀다

이해한다, 난들 안 그럴까

근데, 독에는 자조적 허풍이 약간 섞인 게 분명해

라텔
잡은 독사에 물려 기절했다 깨어나선 깨끗이 먹어치웠다

징그럽다

풀밭에서 건진 참외가 달다

*라텔 : 일명 '벌꿀오소리'. 잡식성이며 성질이 거칠고 체질이 강하며 겁이 없다.

검은 봉다리 3

폭염에 뛰쳐나온 지렁이 집에서
생기 늘어뜨린 느티나무 그늘 선언은 염천

광명 오거리 길모퉁이에 있던 지하다방
광명 다실은 어느 저를 슬무시 문을 닫았다

오거리에서 내 신호를 기다리는 중이었는데
문 닫은 옛날 바다 쪽에서 날아든 비보

소금을 두툼히 깐 중복의 비좁은 바다
프라이팬 위에서 흰다리새우가 익고 있다

빨갛게 타는

민머리 사내에게서 탄내가 났다
맨살 흰 다리가 벌겋게 익었다

“염병”, 구시렁대는 소리가 허풍처럼 들떴다

“소금이 아픈가?”

"cancer래…"

게자리 남자

"쉽게 끝나진 않을 것 같아"
소주잔을 부딪는 일개미 사내들 웃음소리가
낮게 웅웅거리며 멀었다

맨 허깨비들

시는 여기서 이십 분 거리에 산다

"오늘은 휴가 중이에요"

휴가 중엔
탁상용 달력을 쓸어 덮어 맨 뒷장을 놓는 걸 까먹었어
그래야 사람들이 이 부재를 당연하게 이해하고, 알거든
전화 연결도 안 될 거라는 걸
(지도에서는 찾을 수 없는 '알거든'이라는 곳이 있어)

"알거든"은
부정기 노선 기차가, 드물게 나오는 햇살처럼 지나가는
조그만 호수가 있는, 무지 작은 동네의 역 이름이야
그곳에선 잠을 좀 자보려고 해도 언제나 비가 내려
얕은 잠 속으로 빗소리가 공중에 종을 흔들고 다니지
거기선
콩설기의 콩알 같은 시인 몇이 불면으로 잠을 흐리다
저녁이나 아침의 분간이 안 가는, 분수 없는 꿈을 꾸지
거의 나쁜 꿈을 꾸지만 어쩌다 좋은 꿈을 꾸기도 해
사실, 좋은 꿈이나 나쁜 꿈은 없지
세상이 잘 모르는 호숫가 마을이 있을 뿐이지
여기서 일찌감치 사라진 시인들이 모여 지내는 곳이야

철 지난 시집이 지폐 대신 유통되는
중앙은행이 없는
4분 골든타임의 다섯 배 시간 거리에
시집이 털리길 오래 기다려온 사람들이 지내는 동네로
같이 비 맞으러 가지 않을래?

어느 날
전화벨이 세 번 울리도록 전화를 받지 않거나
문틈으로 들여다본 책상 위에 시가 몽땅 뒤집혀 있으면
휴가를 떠난 것으로 알면 돼

보나 마나 거기지

여름나기

백수가 방전되었다

우리 집에서 백수는 나나 자동차다

둘 다 시동이 시원찮다

풀떡거리다 푸르르 괄약근이 풀리며
"베잠방이 방귀 새듯" 풀썩 웃었다

억지로 일으켜 세워 카센터로 갔다

"잠깐씩 움직이고 세워두면 서서히 방전돼요."
"폭염엔 더 빨라져요."
"배터리가 좀 부족하고 다른 이상은 없네요."

백수 둘이 마누라님을 모시고
계획에도 없던 드라이브를 다녀왔다

당분간, 핀잔맞을 일은 없겠다

방법이 없다
‘움직이지 않으면 방전된다’

유니는 또 먼 바닷가 마을로 떠났다

“깨달음을 부처라 한다.”

좀도둑

온종일, 닭똥 비린내가 바람결을 타고 몰려다녔다
유정란 생산 공장에서 빠져나온 것들이 동네를 휘젓고 다녔다

매일 일일이 물어보는지
몇만 수라는 닭의 교미를 어떻게 확인하는지는 알 수 없다

복불복이라 해도 내가 알 바는 아니다

그 계란 공장엔 손버릇 수상한 중늙은 여자가 고용되어 있다

여자는
일찌감치 공장 주변 농작물을 수색하는 일로 하루를 시작한다

감자 자두 복숭아 사과 멜론들이 이유 없이 조금씩 사라졌다

딱 한번 걸렸다

멜론을 땄다
처음 보는 여자였다
반죽이 떠돌이 약장수다
너스레로 요점을 흐리는 언변이 보통은 넘어 엄청나게 능했다
시인보다 더 오래 가난했었나보다

"그러면 안 된다"고 했다

그러고도 매일 조금씩 어딘지 비는 기색이다

장편掌篇 소설을 쓰기로 했다

(여자의 집에는
여자가 돌아오길 종일 기다리는
어룽거리는 물그림자 같은
마른오줌 자국처럼 늙은 남편이 몸져누웠거나
변하는 계절에 목이 마른 전신마비 아들이 혼자 누워 있다.
둘 다거나.

여자가 집으로 돌아갔다.)

좀 도둑이면 어떤가

검은 봉다리 4

친구가 금을 밟았다

밖으로 난 문들을 모두 닫았다
검은 봉다릴 꽁꽁 쫌맸다

혼자 울기 좋았다

조금도 새지 않았다

검은 봉다리를 풀었다
햇살에 눈이 부셔 눈을 뜰 수 없다

어지럼을 핑계 삼아
해쓱하게 쪼그려앉아 조금 웃었다

좀 웃겼다

'나도 죽을 텐데, 뭘'

엉거주춤 일어서려다
시큰거리는 바람을 기다리고 섰다

귀향

마당 나무 그림재 대뜰을 쓸다
허리 곧추세우구 가마히 서 있다

식솔들은 다 어드루 가구

비었던 집 마당을 어름어름 들어서다

"아부지"

듬성한 대문니 자리
말 뿌리 몇 개 남아 건덩거리고 있다

잠깐, 바람이 불었는지 그랬는데
아버지가 다녀가셨다

바람인형, 통에 구겨넣기

열 살은 짧았다
서른 살은 지루했다
스무 살을 세 번 살았다

지금은 네 번째 스무 살에다
손을 잠깐씩 흔들어주어야 해서

첫 스무 살은 흐렸다
두 번째 스무 살은 힘만 넘쳤다
세 번째 스무 살은 아쉬웠다

네 번째 스무 살은 무얼 지내야 할지
광고의 시간은 끝났다

하루씩 사는 하루를 사려넣다
바람이 빠져나간 하늘을 바라본다

날마다 마지막이다

바라나시의 개

바라나시, 혼불이 길을 잃고 갈팡대는 곳
강둑 노을 끝에서 가로등이 꽃대를 밀어올렸다

칡꽃이 피었다
꽃들은 하나씩 천천히 똑, 똑, 죽었다
꽃도 개도 같은 물이라고 강물에 휘갈겨 썼다

강의 하류에서
타다 남아 떠내려오는 꽃들의 절명을 줍다
퇴적하는 꽃의 절정들로 온몸에 꽃범벅이 된
제 목숨이 궁금해 멈춰선 들개처럼 망연했다
화사한 꽃무늬 들개
하류라는 혈통에 한없이 가벼워 진저리쳤다
흐르다 멈춰선 죽은 것을 청소하는, 산 개였다

사내가 꽃 그림을 그려 팔기 시작했다
개였다
개였다가, 시를 쓰다, 교언을 파는 개였다

멸종을 거부한 개미류였다

선택은 죽음을 넘어선 살아야 할 이유가 되었다

강둑 가로등이 꽃대를 꺾고 붉은 여명이 틀 때
여명이 서러워 낑낑거리는 개처럼
쉬 숨길 수 없는 죽음이 가려워서 피나게 긁었다

불행을 놓친 사내 이야기

늙은 사내들이 불행하기 위해
술을 마시고
자기 불행을 꺼내 키재기를 했다
게거품을 물었다
불행하지 않은 불행은 없는 법

불행을 성토했다

분기탱천憤氣撑天
모두 집을 나가는 것으로 결론지었다
그러기 위해선
우선, 집으로 돌아가야 한다는 결정에
기염을 토했다

사내들이 둥둥둥 집으로 돌아갔다

염천 가랑잎 같은 사내 하나가 남았다
서둘러 돌아가다 길 틈에 끼였다

집이 없다

없다

■ 해설

하루씩 사는 재미,
거기선 신들이 아주 가깝다고 했다

박성현/ 시인

1

문장이 벚꽃으로 터져버릴 수 있을까. 내가 유기택 시인의 시편을 천천히 읽으면서 맨 처음 든 생각이다. 꽃이 피는 속도처럼 멀고도 아련하고 서늘한 문장이 도대체 가능할까, 라는 질문도 함께. 골몰하다가 나는 아무렇게나 널려있는 '그늘'을 밟았던 모양이다. 바닥에 닿는 물렁물렁하고 스스럼없는 감촉이, 모래알갱이를 힘껏 움켜쥐었을 때처럼 삽시간에 빠져나가 있었다. 그늘을 밟았고 딱 그만큼 물러난 그늘이 있었으며, 그 사이 시간은 흘러 유기택 시인의 문장은 또 충분하고 만개해졌다. "마당 나무 그림재 대뜰을 쓸다/ 허리 곧추세우구 가마히 서 있다// 식솔들은 다 어드루 가구// 비었던 집 마당을 어름어름 들어서다// "아부지" // 듬성한 대문니 자리/ 말 뿌리 몇 개 남아 건덩거리고 있다// 잠깐, 바람이 불었는지 그랬는데/ 아버지가 다녀가셨다"(「귀향」)는 이 하염없는 문장처럼 자취도 없이 사라진 것이다.

있음과 없음에 관한 분별조차 소용없는 것임을, 저 그늘은 집요하게 추궁하고 있다. 벚꽃은 이미 와 있었고 출렁거렸으며 좀 더 자신에게 솔직해지고서야 터져버린 것이니, 과연 "매 순간/ 존재하는 것은 흩어지고 사라"(「사상絲狀의 지평선」)지며 '다음'을 물리친다.

혹은 이렇다; "동네 코흘리개던 이장댁 가까이 희망택시 대기소 옆에 벚나무가 산다/ 없는 듯, 하도 감감하여 돌아보면 작정 없이 괴괴하다// 막차를 놓친 길들이 돌아와 이른 잠을 청하는 벚꽃만 한 가리 부귀하다"(「봄 그리고 부귀리富貴里」).

2

벚꽃은 문장이 아니니 문장이 벚꽃으로 터지기를 기다리는 것은 사변적으로나 논리적으로 있을 수 없다. 유아기의 헛된 상상이라 치부해도 별 수 없다. 하지만 우리는 알고 있다. 그 사태가 일상에서 반복되어 왔으며, 기다리다 못해 안절부절못하며 재촉하여 왔던 것을. "해 여름마다/ 긁힌 음반의 혼잣말처럼 울렁거리던"(「유월」) 능소화가 올해는 피지 않는다면, 볼장 다 본 사람처럼 목 놓을 것이며 가려움증에 뒤척일 생각만으로도 끔찍할 뿐이다. 벚꽃 터지는 일도 마찬가지다. 강둑을 뛰어다니며 발이 시리도록 동동거렸던 기억은 내 생의 중요한 한 부분을 이룬다. 그렇게 벚꽃이란 계절이 한번도 거르지 않았던 '부활'의 상징이며, '융기surrection'이고 "내 마음대로 다룰 수 없는 것, 타자인 것, 사라지는 도중에 있는 것이 몸 자체 안에서, 몸으로서 돌출surgissement"[1]이라면 자연은 이미 수백억 년의 시간을 길어내어 먼저 피었을 것이다.

사실 우리는 이 '터져버림'이 사물들 사이에 '길'을 내는 온전한 방법 가운데 하나임을 알고 있다. 서로 닿기 위해 비우고, 비움으로써 수만 가지 갈래를 이끌어낼 때 새벽은 붉은머리오목눈이들의 울음으로 가득할 것이다. "새벽 강둑길을 나가서 걷다보면// 뚝방길 벚꽃이 흐드러지게 핀다고/ 붉은머리오목눈이들 목 놓아 울"거나 "하릴없이 놓쳐버린 지난 봄도/ 똑 저 모양이더라고 뒤채며" 날아다니던 그 수많은 형용들이 가부좌를 틀고 있음을 우리는 끝내 목도할 것이다(「더라 설說」). 때문에 '터져나오는 것들'이란 세상의 모든 움켜쥠—자신을 오로지 자신으로써 소진하는 울림이다. 벚꽃만이 자신의 고유한 터짐과 울림을 내뿜고는 자신과는 전혀 상관없는 '타자'로서의 '자기 자신'—그 숙명적인 이름과 형상과 실체에 다가간다. "슬픔은 제 목숨을 흐르는 강// 잠깐 머물던 거기서 우리는 분명히/ 다른 무엇이 되고 있었을 것이다"(「탕꼬」)라는 문장에 부여된 도저한 긍정은 벚꽃만이 가질 수 있는 우주의 외연이다. 이것이 바로 벤야민이 자신의 사유를 '성좌'星座라는 단어에 부여한

1) 장-뤽 낭시, 이만형·정과리 옮김, 『나를 만지지 마라』, 문학과지성사, 2015, 33쪽.

진정한 의미가 아닐까.

그러므로 벚꽃이란 벚꽃만의 일회적 사건이다. 헤아릴 수 없는 반복이 있었고, 앞으로도 그러할 것이지만 꽃의 변증법적 소격은 오히려 그 충만한 '터짐'과 '울림'에 있다는 바로써 사물은 다른 누구도 아닌 생생한 '자신-의-얼굴'을 갖게 된다. 다만 우리는 "숲은 숲을 키워 사람을 양육하고/ 숲이 강을 헹구어 물을 드맑게 하고// 사람과 강 사이서 목숨 부지하는 것들이/ 그 숲에 깃을 들였다// 즐거웠으므로/ 바람이 가끔 찾아와 휘파람을 불었다/ 이미 아름다웠다// 사람이 사람다우면 저절로 아름답다// 왕의 꿈은/ 누천년을 꿈만 꾸다 만 허사가 아니던가// 삽일랑 들지 마라, 저절로 아름답지 않나"(「꿈꾸는 물의 정원 도시」)라고 일갈하는 시인의 목소리를 심장에 새겨넣어야 한다. "감자만 맛있다 먹어대는 아내의 맨발"(「붉은 발」)과도 같이 은밀하고 철저하며 부끄럽지만 당당하게 말이다.

옥수수 묘를 쉰다섯 개나 심었다

한 이랑 빼곡히

수확이 잘아도
쉰 개보다 그쪽이 더 좋았으므로

—「아내는, 다섯 번 더 좋을 것이다」 전문

시인은 아내를 본다. 옥수수 묘를 쉰다섯 개나 심었고, 한 이랑 빼곡히 집중해도 수확이 좋은 물건을 들이기에는 쉰 개가 더 알맞을 텐데, 아내는 무엇에 홀렸는지 고집을 꺾지 않는다. '쉰 개'와 '쉰다섯 개' 사이에도 생명을 다섯 개나 더 들일 수 있는데 물건 좋다는 핑계로 거둬들인다면 아쉬움이 더 크겠다. 다섯 개라는 '최초'들이 이랑 가득 치솟는 꿈을 꾸면서, 아내는 내심 다섯 번은 더 좋을 거라는 생각도 드는 것이다. 옥수수 묘는 대지에 뿌리를 내리면서 제게 주어진 길을 찾아나선다. '터짐'과 '울림'은 먼 훗날의 일이지만 오로지 그것을 위해 옥수수는 천 번을 더 집중할 것이다.

따라서 대부분의 시인들은 예외 없이 '벚꽃'을 통해 자신 안에 내재한 '터짐'과 '울림'의 문장을 산출하면서 두 가지 선택지에 직면하게 된다. 하나는 독자 스스로 그로테스크적 주체로서의 재발견을 유도하는 것이고, 다른 하나는 시인도 전혀 가늠할 수 없는 자기-자신과의 '항구적 예외성'에 집중하는 것이다.

물론 전자는 "기별도 없이 꽃 보러가자고// 꽃에 닿기도 전에/ 다 지고 말겠네// 아무리 하여도/ 멀기만 한 우리는 먼 짓"(「짓」)이라는 유연한 문장처럼 그에게 가장 적합하고 익숙하고 잘 다룬다고 가정되는 언어-감각의 지속적인 생산을 통해 직접적으로 도출되는 반면, 후자는 "겨울에 도착한/ 아직 읽지 않은 메시지가 남아 있다// 봄 내내 그대로다// 봄을 지나 돌아보면/ 어딘가 한 군데씩은 비었다"(「깜깜한 나무」)라는 문장과 "'꽃이 시간으로 피어 있다'/ 이것으로, 기다리는 저녁은 충분히 설명되었다"(「개미귀신집에서」)는 문장에 집약된 관계들의 기묘한 멈춤(혹은 단절과 비약)에 의해 보장된다. 우리는 이러한 문장들을 '징후적 시-쓰기'의 하나로 꼽을 수 있다.

미리 말하자면, 유기택 시인의 문장은 후자로 향하고 그 최종 선택지에서 우리는 세계-속-에 펼쳐지는 '우주'와 '나'의 온갖 상동성을 만나게 된다.

토끼풀꽃 한 송이
가까이 들여다봅니다

별입니다

초신성의 폭발입니다

활짝 핀 별은 곧 빛을 잃을 것입니다

빛이 산산이 흩어지는 잠깐 사이
어두워 안 보일 때까지 우리는
우리를 추억으로 말하기 시작합니다

잠깐 꽃이었습니다

빛이던

빛은 어둠의 갈피에서 핀 꽃
하얀 꽃, 어둠으로 돌아갑니다

소리 함께 사라지고 없는
누구였는지 모릅니다

—「우리는」 전문

이러한 문장들의 폭발은 사물들로 하여금 단 하나의 '국적'만을 가질 수 없도록 한다. 여기서 변신은 자유롭고 신성한 의무에 해당하고, 이를 향유하는 문장은 마치 운명을 창조하도록 유도하는 신들의 주사위-놀이와 같아진다. 애매성은 좀 더 모호한 색감으로 이동하고, 유화처럼 덧칠된 사물의 온갖 이중성들은 자신의 위계와 권력을 보전하게 될 것이다. 이쯤에서 우리는 바슐라르가 기록한 미슐레의 문장을 약간 바꾸도록 한다. "하나의 벚꽃, 그것은 인간 전체의 고유한 울림이다."[2)]

토끼풀꽃 한 송이에서도 '초신성'이 폭발하고, 또한 그만큼의 찰나가 지나면서 '활짝 핀 별'은 빛을 잃어버린다. 자연이 그러하기 때문에, 바로 그것이 우리의 생활이자 생존이기 때문에 "빛이 산산이 흩어지는 잠깐 사이/ 어두워 안 보일 때까지 우리는/ 우리를 추억으로 말하"는 것이다. 비록 '잠깐 꽃'이었지만, '빛'이었지만, '어둠의 갈피'를 들어올

2) G. 바슐라르, 김웅권 옮김, 『꿈 꿀 권리』, 동문선, 2008, 187쪽 참고. 원문은 이렇다—"하나의 인격, 그것은 한 인간의 고유한 울림이다."

리고 힘차게 피어난 '하얀 꽃'이지만 어둠이 우리의 본성이므로 시인은 노래한다; "소리 함께 사라지고 없는/ 누구였는지 모릅니다." 이것이 바로 유기택 시인이 우리에게 들려주는 우주의 사소한 농담과 신화, 그 거대한 벚꽃들의 '들고-낢'이 아닐까.

하지만 그곳은 어둠과 밤을 유령처럼 배회하는 '바라나시'이기도 하다. "한 달, 살아볼 거라고 했다// 울진 어느 바닷가라는 전언만/ 물결처럼 떠밀려왔다, 다시 바다로 되돌아갔다"(「유니」)는 '아무렇지도 않음'이 전부인 세계. 또한 "퇴적하는 꽃의 절정들로 온몸에 꽃범벅이"가 되지만 "혼불이 길을 잃고 갈팡대는" 사이 "꽃들은 하나씩 천천히 똑, 똑, 죽었"으며, 그 "숨길 수 없는 죽음이 가려워서 피나게 긁었"던 '개'와 '시'와 '교언'이기도 하다(「바리나시의 개」). 이것 또한 유기택 시인의 문장으로 시집 전체에 산재하는 죽음-충동의 변증이다.

3

여기서 잠시, 우리는 유기택 시인의 문장에서 자주 마주치는, '죽음-충동'의 상스러운 변증에 대해 얘기해야 한다. 나는 이 변증을 구체적으로 드러내기 위해 '얼룩'으로 바꾸겠다. 죽음-충동이란 무기체로 끈질기게 돌아가려는 생명의 자기 파괴적이고 과격한 본능을 말한다. 프로이트가 '타나토스 콤플렉스'라고 명명한 후, 라캉으로 이어지며 '향유'(주이상스)라는 개념으로 정교화된 바 있다. 나는, 시인의

「좀도둑」을 읽고 있었는데 내용은 이렇다. 온종일 닭똥 비린내가 바람결을 타고 몰려다니는 동네 계란 공장에 손버릇이 수상한 늘그막한 여자가 고용되어 있었다. 그녀는 일찌감치 공장 주변 농작물을 수색하는 일로 하루를 시작하는데 매일 감자나 자두, 복숭아, 사과, 멜론 등이 조금씩 사라지는 것이다. 어느 날 딱 한번 걸리고 마는데 요점을 흐리는 언변이 엄청나게 능했다. 시인은 그러면 안 된다고 말했으나 어딘지 모르게 불편하다. 그러고는 장편掌篇 소설을 쓰기 시작한다.

장편掌篇 소설을 쓰기로 했다

(여자의 집에는
여자가 돌아오길 종일 기다리는
어룽거리는 물그림자 같은
마른오줌 자국처럼 늙은 남편이 몸져누웠거나
변하는 계절에 목이 마른 전신마비 아들이 혼자 누워 있다.
둘 다거나.

여자가 집으로 돌아갔다.)

좀도둑이면 어떤가

—「좀도둑」 부분

유정란 생산 공장에서 빠져나온 것들이 동네를 휘젓고 다닐지라도, 모르는 여자가 아무도 모르게 도둑질을 해도 그의 생활과 실존은 여전할 것인데, 무슨 이유로 소설을 쓴다고 하는 것일까. 이 문턱을 넘자마자 우리는 이상한 얼룩 하나를 보게 된다. 그것은 시인이 상황 전체를 일종의 서사-텍스트로 만들어버린 것이다. 좀도둑으로 환치되는 '모르는 여자'도 갑자기 얼굴을 바꿔버린다. 시에서 끊임없이 서사를 일으켜 세우는 작업은 장르를 넘나드는 일이라 발상이나 아이디어만으로는 해결할 수 없다. 그는 소설을 쓰고, 소설은 괄호로써 또 한 세계를 만들어냈을 뿐이지만, 그것은 시인의 삶 전체를 비스듬히 가로지르며 묵직하고 선명한 빗금을 그어대고 있는 것이다.

이처럼 '얼룩'은 시인의 문장들 도처에 존재한다. 행간을 뚫고 아주 잠깐 떠올랐다가도 이내 사라져버린다. 그 '얼룩'은 수면을 밀어냈다가 심해로 가라앉았는데, 굳이 집중하지 않아도 눈에 닿았고, 예고하지 않아도 반드시 돌아가는 것이다. 시인은 이 사태를 관조하면서 다양하게 포착하고 문장으로 변환한다. 이를테면 "아침 강둑길에서 만난, 밤새 무엇이 나비의 몸통을 들어갔다// 나비 날개 한 쌍 네 쪽을 양쪽에 갈라 가지런히 흩어놓았다/ 양 앞날개와 뒷날개를 서로 엇바꾸어 늘어놓았다// 몸통이 없는, 섬뜩하게 아름다운"(「나비」) 그것은, "트럭 생선장수가 동네를 돌고 있다// "눈을 떴다 감았다 하는 동태가, 한 마리 오천 원!"// 빈 어항에다 기를 수 있을까"(「고민」)라며 시인으로 하여금 고민하도록 만드는 '동태'의 모습을 취하기도 한다. 때로는 "가는 길을 물었다// 굵은 길을 알려준다// 12시에 400번 버스를 타야 한다// 열두 시에/ 사백 번을// 어떻게 타지"(「가는 길」)라는 유희에 불과할 때도 있다.

하지만 그 얼룩은 명백히 우리를 향해 존재한다. 우리가 아무리 부정해도 그것은 분별 너머에 위치하고 있으며 전면 또는 비가시적인 장소에 도사리고 있다는 말이다. 마치 신이 우리를 향해 던지는 '주사위'(혹은 내기)처럼 우연과 필연을 넘나든다. 다만, 어느 숫자가 나와도 신의 축복이라 믿도록 만드는 방식을 은밀하게 숨기는데, '1'과 '6' 사이의 간극은 정도를 예비하는 일종의 '단계'가 아니고 그럼으로써 어떤 숫자가 나와도 그것은 각 생활과 실존을 정중히 고수하도록 만들게 된다. 1은 '1'의 생활과 실존이고 6은 또한 '6'의 생활과 실존이다. 때문에 시인은 "'2월의 화실'을 5월에 다녀왔다"(「5월 마지막 날에」)는 이 막중한 불일치를 의도적으로 즐기며 살 수 있다. "난 봄 받으러, 인천서 소금배가 올라온다는 샘밭장으로 가네/ 가다, 옛날 쪽이 어딘지 모르겠어, 어리둥절해 이러고 섰"(「저짝선 봄이 끝났으까」)던 기억조차도 '기억으로써' 황홀하다.

신이 던진 주사위의 숫자를 굳이 확인하지 않아도 되니 삶은 흥미롭다. 그도 그럴 것이, 시인은 숫자 여섯 중 셋이 맞았으니 잘 지내거나 그렇지 못하거나 둘 중 하나라고 내심 자신의 불행을 행운으로 도치한다. 물론 그것은 전적으로 신의 방식이다. 혹은 이렇다. 만일 꿈을 꾸는데, "사실,

좋은 꿈이나 나쁜 꿈은 없지/ 세상이 잘 모르는 호숫가 마을이 있을 뿐"(「시는 여기서 이십 분 거리에 산다」)이라면, 그 꿈의 한바탕이 바로 우리의 본디가 아닐까.

염천 가랑잎 같은 사내 하나가 남았다
서둘러 돌아가다 길 틈에 끼였다

집이 없다

없다

—「불행을 놓친 사내 이야기」 부분

이 시의 앞부분은 이렇다. 늙은 사내들이 불행하기 위해 술을 마셨는데, 각자 자기 주머니에서 불행을 꺼내 키재기를 한다. 어떤 사내는 게거품을 물어댔다. 얘기를 하다보니 불행하지 않는 불행은 없다는 결론에 이르고 요망스러운 불행에 대해 성토하기 시작했다. '분기탱천'이란 말이 딱 들어맞도록, 사내들은 취하고 취하면서 서로를 응원했다. 급기야 그들 모두 집을 떠나기로 했으니, 아뿔싸! 그러기 위해선 우선 집에 돌아가야 한다는 생각이 퍼뜩 든 것이다. 사내들은 둥둥둥 집으로 돌아가는데, 염천 가랑잎 같은 사내 하나가 돌아가다가 길 틈에 끼어버린 것이다. 집이 없으니, 길이 제 집인 것. 하지만, 이 시의 제목은 '불행'을 놓친 사내 이야기다. 아이러니하지 않는가. 이쯤에서 우리는 시인의 이런 문장을 떠올릴 수밖에. “먼 곳들은 먼 대로 지낸다// 거기선/ 신들이 가장 가깝다”(「작별 노트」).

「삼각김밥 벗기는 법」도 마찬가지. 어떤 측면에는 시인의 ‘얼룩’에 가장 근접해 있기도 하다. 어느 날 유기택 시인은 편의점에서 ‘삼각김밥’을 구매하고 비닐을 벗기기 시작한다. 삼각형 모양의 두툼하고 단순한 직관이 눈앞에 있다. 늦은 점심을 대신하자는데 앞뒤를 재고 가릴 거 없다. 외관을 이리저리 살피다가 작심한 듯 마구 풀어헤친다. 여의치 못하다. 깨알 같은 설명서를 읽으면서 아연해지는데, 설명서는 사물의 사용가치에 대한 단도직입적 표현이므로 그것을 따르면 열리지 않는 문은 없다.

사례 1. 주의 깊게 관찰만 한다

사례 2. 마구 풀어헤친다

사례 3. 설명서 순서에 따라 풀어헤치다, 아연해진다

사례 4. 설명서의 순서에 따라 얼떨결에 해결한다
(다음 성공에 대한 확신은 없다)

예외) 눈 감고도 선수가 있다

유통기한이 미치게 짧은
당신의 삼각김밥은 안녕하신지

사랑은

—「삼각김밥 벗기는 법」 전문

하지만 이것은 '삼각김밥'에 관한 시가 아니다. 삼각김밥에 비스듬히 걸려 있는, 이질적이고 모호하며 뒷맛이 영 깨끗하지 않은 사람과 사람의 관계에 대한 이야기다. 그는 삼각김밥을 맛있게 먹기 위해 그것 열고 닫았던 것이지, '사랑'의 최소한의 본질을 이끌어내기 위해 구매한 것은 아니다. 물론 생활이라는 교차-지점은 있지만, 그렇다고 해서 두 대상이 모두 용인되지 않는다.

다시 말하자. 유기택 시인은 단지 '삼각김밥' 사용 설명서를 읽고 있으며 그것을 직관적으로 풀어냄으로써 사태를 단순하게 한다. 다만 거기에는 언어와 언어의 "접촉면이 없는 마주침, 포옹이 없는 근접, 내밀한 교류가 없는 이웃함"[3] 만 있다. 그리고 그 얼룩은 경계를 가로지르면서 잠깐 나타났다가 사라진 것이다. "강마을 쪽에서 튀밥 같은 아이들을 튀겨내고 있다/ 강둑길에 봄달이 지고 있던"(「꽃이 피느라」) 그런 예기치 않음이지만, 우리에게 달라붙어 끝까지 놓지 않는다. 발자국 없는 것들이 사는 '마당'처럼, 혹은 "그 마당에는 발자국 그리운 것들이 산다// 다시/ 다시/ 다시 그리운, 발자국 없는 것들이 숨죽여 서로 기대고 지낸다// 마당을 떠나지 않은/ 사람을 기다리는 "다시", 전에 살던 사람들과 함께 지내던 것들이다// 사람이 빈집이다"(「빈집에

3) 장-뤽 낭시, 앞의 책, 48쪽.

누가 산다」)라는 통찰.

이것이 시인의 익숙하면서도 농익은 생활-세계를 "세상을 뜨는 새가/ 똥 한 덩이를 덜고서 떠났다"(「배내똥」)고 의뭉스럽게도 퉁 쳐버리는 방법[作詩法]이다. 그렇기 때문에 좀 꽃은 아주 멀리 가서 피는 것이며 시득시득 떠난 이들도 희미하게 서 있는 것이 아닌가(「좀꽃」). "누구나/ 아파서야 죽을 테다// 오늘은 아프지 않다// 더 있다 죽어야겠다// 봉지 아구릴 쫌맸다// 봉지가 헛배 부르다// 살아 있으니 죽는 것/ 기다려// 바람이 좀 불고/ 검은 새가 날아올랐다// 두 계절/ 이승을 앓고 있었다"(「검은 봉다리 1」)는 시인의 고백은 우리-속-에 비스듬히 덧칠된 '얼룩'으로 물러나면서 벚꽃을 재촉한다.

4

때문에 유기택 시인의 '얼룩'은 벚꽃 터지듯 다채로울 수밖에 없다. 생生 하나를 통째로 걸어버리는 '타악기'들의 무지막지한 터짐 곧 '주이상스jouissance'를 내뿜는 것이어서 그 하나하나가 우리를 꽃의 정면으로 향하게 한다. 앞서 언급했지만, '향유'라고 번역되는 이 단어(주이상스)는, 라캉이 정교하게 다듬은 '죽음-충동'(프로이트)이다. 벚꽃을 피우기 위해 자신의 삶을 송두리째 내던지는 나무들의 쾌락과 결여는 대체로 상당히 이질적인 시, 「퍼커션」에 집중된다. "누가 밖을 두드린다// 안의 소리가 조용히 걸어나와 문 열고 선다/ 문이 닫히고 다시 제자리로 조용히 돌아간다// 열리자 바로 닫히며/ 대체로 조용히 지내는 소리들의 피정避靜// 괜찮았다"로 시작하는 이 작품은, 항상 초연初演일 수밖에 없는 벚꽃의 '터짐'—그러나 죽음을 향한 불안을 강렬하게 껴안음—이다.

사람들은 벚꽃을 보면서 그 조용하고 식물적인 '나타남'—전적으로 수동적이다—을 떠올리겠지만 가만히 보면 "언뜻 온순하고 순종적인/ 집요한/ 흐린 사회성의/ 경계심이 강한/ 공격적 승부욕이 조용한 숯불처럼 이글거리는/ '손대면 탄다'/ 수사자와 맞먹는 이빨의 폭압성/ 이 모든 복잡한 소리가 하나된 개들의 축제// 캉갈의 고요한 문 안에 든 요란搖亂한 정원"을 떠올리기도 한다. 왜냐하면 개체의 유약성은 집단적 총체성이라는 구심이 필요하기 때문이다. 이런 의미에서 이 시의 제목이 '퍼커션'인 것은 의미심장하다.

하지만 시차를 허용하지 않을수록 오차는 더 단단해진다. 우리가 '균열'이라 부르는 얼룩은 항상 거기에 있었지만, 동시에 없었던 것이기도 하다. 그러나 악기들이 한꺼번에 소리를 내기 시작할 때야 시인은 그 '얼룩'이 자기를 쳐다보고 있다는 사실을 깨닫는다. 늘 알고 있었지만 모른다고 가정되는 그것은 "나무도 풀도 바람도 짐승도/ 사람도 돌도 물도 이 모든 것들의 하느님도// 두드리면 아닌 듯 열렸다 닫히는/ 우리가 잘 모르는 곳에 오래된 폐문"이다. 혹은 "우리가 들을 수 없는/ 너무 높거나 낮은 소리로 속삭이는 조용한 문"이거나!

그런데 왜, 벚꽃은 자기의 생을 통째로 던지는 것일까. 도대체 누구의 어떤 힘을 빌려 저 많은 꽃을 밀어내는 것일까. 이제 시인 스스로가 그 답을 말해야 할 차례다.

5

유기택 시인은 「바람인형, 통에 구겨넣기」에서 네 번째 스무 살을 돌아보며 "날마다 마지막이다"라고 쓴다. 회고 형식의 '마지막'이라는 단어에서 튕겨나오는 쓸쓸함과 절실함 때문인지, 우리는 시인의 삶이 안락과 평안으로만 점철되지는 않았으리라 생각할 것이다. 하지만 그렇지 않다. 그것은 시인에게 삶의 범위가 아니다. 신들의 주사위가 던져진 즉시 그는 벚꽃 터지는 자신의 언덕을 향한다. 신이 있거나 없거나 오직 자신을 돌보는 삶이 그에게 더 중요하기 때문이다. 만일 "깨달음을 부처라 한다"(「여름나기」)면, 깨닫지 않는 것도 부처라 해야 할 것이다. 저 도저한 화엄에는 그 어떤 것도 태어나거나 사라지지 않는다.

누가 묶었을까

아까시나무가 가시철조망을 품었다

희고 부드러운 속살이 쇠가시를 품었다

살이 되었다

살 속을 돌아 돌다가 새로 난 가지에서
천 개의 가시로 돋았다

천 개의 경고
'나를 만지지 마셔요'

천 개의 붉은 샘구멍이 터졌다
초록 갈대밭 낭자하게 핏방울이 튀어
붉은 개양귀비가 피었다

안아준다는 건 저렇게 서러운 화해

농익어 검붉은 빨강
같이 문드러지다 아물어 붙는

뾰족한 말은, 본래 너의 것이 아니었다

피 튀기며 산다
산 것들만 품을 줄 안다

—「검은 봉다리 2」 전문

누군가 '아까시나무'에 가시철조망을 둘렀다. 희고 부드러운 속살이 그만 '쇠가시'를 품게 되었는데, 그것도 자라서 끝내 뜨거운 '살'이 된 것이다. "살 속을 돌아 돌다가 새로 난 가지에서/ 천 개의 가시로 돋"아버린 사태가 시인에게는 견딜 수 없는 상처와 고통으로 새겨지고 말았는데, 가만 보니 '쇠가시'란 "'나를 만지지 마셔요'"라는 경고가 변형된, 조건 없이 '품는 일'이 아닌가.

또 어느 날은 천 개의 붉은 샘구멍이 터지면서 초록 갈대밭에 낭자한 핏방울이 튀는 걸 본다. 안아준다는 건 "저렇게 서러운 화해"다. 사방에서 붉은 개양귀비가 피어나고, "농익어 검붉은 빨강/ 같이 문드러지다 아물어 붙는"데, "사람들에게서 적당히 먼/ 불안을 서둘러 데리고 돌아"(「민달팽이 집」)서야 하는 걸까.

아니다. 지난 겨울 얼어버린 '고무나무'에서는 "물 냄새를 맡으면 공중에서 눈을 뜨던/ 헛뿌리의 기억들이 자라"(「헛뿌리의 기적을 뒤적이는 날」)기도 한다. 그 간절함이 클수록 '쇠가시'는 멀리 가고 또 '아까시나무'는 집요하도록 '쇠가시'를 품어야 한다. 그렇다. 이왕 주사위는 던져진 것이니 벚꽃처럼 매일매일 흐드러지게 터져야 한다. (*)

현대시세계 시인선 **139**

검은 봉다리

지은이_ 유기택
펴낸이_ 조현석
기　획_ 고영, 박후기
펴낸곳_ 북인
디자인_ 푸른영토

1판 1쇄_ 2022년 05월 18일
출판등록번호_ 313 - 2004 - 000111
수소_ 121 - 842 서울 마포구 서교동 460 - 34, 501호
전화_ 02 - 323 - 7767
팩스_ 02 - 323 - 7845

ISBN 979-11-6512-139-6　03810

이 책은 강원도 강원문화재단 후원으로 발간되었습니다.

책값은 뒤표지에 있습니다.
저자와 협의 아래 인지를 생략합니다.